KB220569

고양이는
타인의 행복을
탐하지 않는다

세계 자유고양이들이 전해 준 행복의 비밀

고양이는 타인의 행복을
탐하지 않는다

초판 1쇄 발행 2021년 9월 10일

글·사진 이화자 일러스트 정세나
펴낸곳 도서출판 아라미 펴낸이 백상우
편집 정유나 디자인 이하나 마케팅 성진숙 관리 정수진
등록번호 제313-2009-131호
주소 서울시 마포구 토정로 192 진영빌딩 206호 전화 02-713-3257 팩스 02-6280-3257
E-mail aramy777@naver.com

ISBN 979-11-88510-52-8 03810

세계 자유고양이들이 전해 준 행복의 비밀

고양이는
타인의 행복을
탐하지 않는다

글·사진 이화자

아라미

차례

프롤로그

아무리 단단한 결심을 했다가도 아직도 흔들립니다.

내가 가는 길이 맞는 걸까?

지금의 나로 괜찮은 걸까?

이스터 섬에서 나를 따르는 고양이 '우리'를 만난 이후로

그토록 고양이를 무서워하던 나는

고양이만 보면 달려갈 정도로 사랑에 빠지게 되었습니다.

그 후 세계 구석구석 낯선 골목에서 만난 고양이는

가장 힘들 때 말없이 곁에 있어 주는

가장 좋은 친구가 되어 주었어요.

도도한 고양이

아슬아슬 난간을 걷는 고양이

오라고 해도 오지 않고

가라고 해도 가지 않는

독립적인 고양이들은

어디에 있든,

어느 순간에든,

온전한 자기로 존재했어요.

세상의 끝에서 만난 고양이들은

내 편견을 깨뜨려 주었습니다.

고양이는 물을 싫어한다.

고양이는 떠나는 것을 싫어한다.

꼭 그런 것만은 아니었죠.

세상엔 물을 좋아하는 고양이도 있고

수평선을 바라보며 사색하는 고양이도 있고

떠나는 것을 무서워하지 않는 고양이도 있다는 것.

우린 길고양이라고 부르지만

어떤 나라에서는 자유고양이라 부른다는 것도요.

여행하는 만큼 점점 더 당당해지고

점점 더 독립적이 되고

점점 더 나를 잘 알아 가게 되었습니다.

남과 비교하기보다는 내가 좋아하는 것에 더 집중할 때

행복해진 나를 보게 되었어요.

돌아보면 어떤 나라에선 고양이를 한 마리도 보지 못했고

어떤 나라에선 정말 많은 고양이를 만났네요.

많은 고양이를 만난 곳은 대체로 섬이었고

따스한 나라였습니다.

지금도 뭔지 모르게 불안해질 때면

다른 고양이들을 부러워하지도 않고

무조건 바빠야 한다고 다그치지도 않았던

세계의 자유고양이들을 떠올립니다.

지금 이유 없이 우울하고 뭔지 모르게 불안한 당신이라면

자유고양이들이 전해 주는 행복의 비밀을 찾아

저와 함께 떠나 보는 건 어떨까요?

Somewhere, Korea
세상이 두려운 너에게

어느 날 북촌의 골목길에서
잔뜩 두려움에 떨고 있는 이 아이를 봤습니다.

조그마한 발자국 소리에도
소스라치게 놀라 숨어 버리던 아이.

이 아이에게 상처 준 사람들이
미워지는 순간이었어요.

무엇이 이 아이를 그렇게 만들었을까요?
생각해 보니 나도 그런 적이 있었던 것 같습니다.

작은 실망 때문에
작은 상처 때문에.

@ 북촌

단 한 걸음만 !
단 한 걸음만 내디뎌도 두려움은 사라질 거야

동유럽으로 떠난 첫 배낭여행에서
숙소만 나서도 길을 잃어버릴 것 같아
오전 내내 망설이다가 하루를 소비해 버린 나는
다음 날엔 큰맘 먹고 바지 뒤춤에 숙소 명함을 꽂고서
잔뜩 두려운 마음으로 길을 나선 적이 있었습니다.
말도 한 마디 안 통하는 나라에서
밤에 숙소로 잘 찾아 들어오는 기특한 나 자신을 보면서
그다음 날엔 조금 더 멀리, 그다음 다음 날은
더 먼 도시까지도 갈 수 있게 되었지요.
'할 수 없을 것 같은 일', '큰일 날 것 같은 일'은
막상 저지르고 나면 별것도 아니었습니다.
언제나 두려움은 행동하기 전에 머릿속에 있을 때
눈덩이처럼 커지는 것이더라고요.
훗날 웃으며 별것도 아니라고 얘기하려면
행동으로 한 발 내디뎌 보는 건 어떨까요.

성장한다는 것

성장한다는 건 어쩌면
세상이 아무리 나에게 상처를 주려 해도
상처받지 않는 고양이가 된다는 건지도 모르겠습니다.
세상이 아무리 나를 힘들게 해도
조금씩 조금씩 두려움을 벗고
나 자신이 되어 가는 거지요.

@ 남산 순환도로

@ 남산 순환도로

두려움에 대한 우화

옛날 한 옛날에 고양이들이 무서워 항상 우울한 쥐가 있었대요.
훌륭한 마법사가 이 쥐를 불쌍히 여겨 개로 변하게 해 주었답니다.
그러자 개는 이번엔 호랑이를 무서워하더래요.
참을성 많은 마법사는 이번엔 개를 호랑이로 만들어 주었습니다.
그러자 호랑이는 사냥꾼들을 무서워하더라는 겁니다.
마법사는 결국 단념하고 호랑이를 다시 쥐로 바꿔 주며
이렇게 말했습니다.

"너는 자신이 성장을 해도 이해를 못하니,
내가 어떤 일을 해 주어도 네겐 도움이 되지 않겠구나.
다시 네 본모습으로 돌아가는 것이 좋겠다."[1]

파울로 코엘료(Paulo Coelho)의 책에 나오는 이야기입니다.
세상에 두려움에 대해 이보다 잘 표현한 게 있을까요?
두려움을 용기로 바꿀 수만 있다면
삶이 조금은 더 행복해질지도 모르겠습니다.

Cat's Advice

두려워 하지 마!

누군가에게 다가가기 전에,
무언가를 하기 전에 두려워하지 마세요.
잘될 거라 생각하면 잘될지도 모르잖아요.
상처는 내가 상처라고 생각할 때
비로소 상처가 되는 겁니다.
누군가 내게 상처를 주더라도
내가 안 받고 튕겨 버리면,
아무 일도 아니라고 생각하면
아무 일도 아닌 게 되는 거지요.

나를 죽이지 않는 일은
나를 강하게 만들 뿐이라고 했어요.
어쩌면 이건 다
내가 강해질 기회인지도 몰라요.

속초 중앙시장 뒷골목에서
이 아이를 보았습니다.

'그래, 고양이는 원래 높은 곳을 좋아하지.'

그런 생각으로 이 아이를 바라보다가
문득 이런 생각이 들었어요.

@ 속초 중앙시장

'고양이는 원래 높은 곳을 좋아하는 걸까?
높은 곳을 다니다 보니 좋아진 걸까?'

뭐든 해 보지 않고서는
어떤 일을 좋아하는지 싫어하는지도
모르는 거 아닐까요?

@ 속초 중앙시장

@ 제주 협재해변 판포미인

네버 트라이, 네버 노우.

Never try, Never know.

어쩌면 위험하다고 생각하는 일도

막상 해 보면

위험하기는커녕

제일 좋아하는 일이 되어 버리기도 하더라고요.

사람들이 흔히 어려움에 맞닥뜨렸을 때
선택지는 3가지가 있대요.
후퇴하기,
계산된 위험 감수하기,
아무것도 하지 않기라고 합니다.

식당 웨이터로 시작해서 IT회사 CEO가 된
억만장자 로버트 헤이야비치(Robert Herjavec)는
성공을 위해선 오직 '행동하라'고 말하네요.

아무것도 안 하는 것보다는
무엇이라도 하는 게 낫다는 거죠.

@ 북한산 원효봉

Cat's Advice

위험은 위험한 게 아니야

성공한 사람들은 모두
'늠름한 영혼'을 가지고 있대요.
모험이 아니면
삶은 아무것도 아니라고 했습니다.
지금이 권태로운 건
어쩌면 뭔가 새로운 도전이 필요하다는
신호인지도 몰라요.
가끔은 새로운 것에 도전해 보는 건 어때요?

부감(俯瞰)하기!

'메타 인지(metacognition) 능력'이라는 게 있답니다.
지식을 아는 것보다 더 중요한 건
무엇이 진짜 문제인지를 파악하는
거시적 안목이라는 거지요.
그러기 위해선 가끔은 높은 곳에 올라가
부감으로 세상을 한눈에 내려다볼 필요가 있습니다.

여행을 좋아하는 이유 중 하나는
일상에선 내 문제가 가장 크게 보였는데
먼 곳으로 나가서 내가 있는 곳을 한 발 떨어져서 보면
나보다 백배는 더 열악한 상황에서도
평화롭게 웃으며 살아가는 사람들을 볼 수 있기 때문이지요.
그 사람들을 보고 나면
그동안의 나의 고민이 아무것도 아니란 걸 깨닫게 되지요.

힘들 땐 높은 곳에 올라가 세상을 조망해 보는 건 어떨까요?
산도 좋고, 마을 언덕도 좋아요.
그러면 세상에 대해 내가 알고 있는 게 다인지 아닌지 알 수 있고
나를 객관적으로 바라보는 눈도 생길 테니까요.

@ 묵호 논골담길

세상을 넓게 조망하기

처음엔 따듯한 햇빛을 즐기고 있는 줄 알았습니다.

그러나 가만히 지켜보니,
어디로 떠날까 고민하고 있었던 것 같았어요.

마치 모든 걸 다 내려놓고
어딘가로 떠나고 싶은 듯
오랫동안 버스를 지켜보고 있었지요.

왜 그런 날 있잖아요.
모든 걸 다 내려놓고 떠나고 싶은 날.

완주 송광사에 도착해서
아름다운 연꽃을 찍고 난 뒤
카메라 배터리를 교체하려고
가방을 내려놓았을 때
어느새 이 아이가 가방 위에 올라와 있었어요.

마치 '나 좀 데려가 줘요.' 하는 것처럼….

그럼 지금부터
세계의 고양이 친구들을 만나러 가 볼까요?

@ 완주 송광사

Cat's Advice

말하지 않으면 몰라!

'말하지 않아도 알아요.'
그건 과자 광고에나 나오는 말입니다.

내가 원하는 게 있다면
분명히 말해 보는 편이 낫더라고요.
후회도 없고
속도 시원하고!

말했는데도 얻을 수 없다면
그건 원래 얻기 힘든 것이라 생각하면 되니
적어도 후회는 없겠지요.

근데 살다 보니 생각보다
그저 말해 보는 것만으로
얻을 수 있는 게 엄청 많더라고요!

칠레 산티아고(Santiago)에서 다시 비행기로 다섯 시간을 날아
태평양 한가운데 있는 이스터 섬(Easter Island)에 도착한 날!

캄캄한 밤에 도착한 게스트 하우스의 소박한 방에서
문을 닫고 마침내 침대에 걸터앉았을 때
이 아이를 보고 깜짝 놀라고 말았습니다.
분명 문을 닫았는데 어느새 이 아이는
내 침대 위에 앉아 있었던 거죠.

손바닥보다 더 작은 이 아이!
만지기만 해도 부스러질 것 같아
어떻게 해야 할지 조심조심했던 첫 만남!
전과는 달리 내가 처음으로
고양이라는 종족에 빠져 버린 순간이었어요.

Easter Island, Chile
운명처럼 다가온 너

다음 날 아침 혼자 앉은 식탁에서도
이 아이는 어느새 다가와 친구가 되어 주었어요.
이런 망망대해 한가운데의 섬에서도
작고 작은 생명체가 숨 쉬고 있다는 게
신기하기만 했던 순간이었어요.

낯선 이방인을 따르는 이들의 다정함이
신의 축복이 아니라면 무엇일까요?

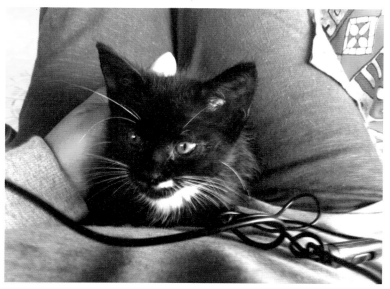

정말 놀란 건

게스트 하우스에서 한참 떨어진 모아이(Moai) 석상 앞에서

나를 따라 걷고 있었던 이 아이를 발견했을 때였습니다.

'어, 게스트 하우스 고양인가?' 하고 보니

그보다 조금 큰 고양이더군요.

"근데 넌 또 어디서부터 따라온 거야?

고양이도 사람을 막 따라오고 그러는 거니?"

내 뒷모습을 카메라에 담던 친구가
"넌 왜 하이힐을 신고 왔니?"라고 물을 때까지
저는 정말 이 아이가 발뒤꿈치를 따르고 있는 줄
꿈에도 몰랐지 뭐예요.

이 아이가 어떻게 거기 있었는지는
지금까지 미스터리로 남아 있어요.

그러고 보니 '미스터리'는
고양이란 종족에 정말 잘 어울리는 말이네요.

그때부터 이 아이는 내 운명이었어요.

그땐 너무 경험이 없어서

운명의 상대인 이 아이와 미래를 어떻게 함께할지 몰랐던 게

그저 후회스러울 뿐이에요.

지금의 나라면 조금은 더 능숙하게

게스트 하우스 주인이랑 상의라는 걸 해 볼 수도 있었을 텐데 말이죠.

지금은 '우리'라는 이름의 이 고양이 나이도 9살이 되었겠네요.

'우리'는 이스터 섬 원주민 말로 '고양이'란 뜻이라니

그렇게 단순하게 이름 짓는 그들이 너무 맘에 들어요.

주소가 없는 섬, 이스터

모아이 석상으로 유명한 이스터 섬에 간다고 하니
먼저 다녀온 친구가 우리네 돌하르방을 보여 주면
좋아할 거라고 말해 줬습니다.
이쑤시개 하나라도 줄여야 하는 배낭족 입장에서
인형은 무리였기에 아이폰에 돌하르방 사진을 담아 갔지요.

섬 전체에 펼쳐져 있는 수백 개의 모아이 석상을 둘러본 후
제주도에도 비슷한 게 있다며 돌하르방 사진을 보여 줬더니
게스트 하우스 주인은 너무 놀라며 신기해했습니다.
아마 제주도도 이스터 섬처럼
폴리네시안(Polynesian) 영역이라는 주장이 있는 만큼
유사한 석상들이 있는 것 같다며
반색하는 게스트 하우스 주인에게
한국에 돌아가면 돌하르방 인형을 보내 주겠노라 약속했지요.

주소를 물으니 그들은 그냥 이스터 섬에
호스텔 이름만 쓰면 된다고 하는 겁니다.
"이스터 섬 코나타우(Kona Tau) 호스텔이라고만 하면 된다고?
그러면 우편이 온단 말이야?"
그렇다네요. 그들은 주소가 없답니다.
우편물이 오면 우체국에서 연락이 오고

그러면 들러서 찾아오면 된다고.

주소만 없는 게 아니었어요.
대문도 없고, 주민의 대부분이 사돈에 팔촌, 친척의 친척.
다 아는 사람인 나라에서 범죄란 있을 수 없을 것 같아요.
작고 소박한 이 섬이 많이 사랑스러운 이유였습니다.

Cat's Advice

내 운명은 내가 선택해

내 맘에 드는 장소
내 맘에 드는 사람
내 맘에 드는 것을 만나면
망설이지 말고 다가가 보는 건 어때요?

일단 다가가 봐야
그게 진짜 운명인지 아닌지
알 수 있게 될 테니까요.

분명 운명인 줄 알았지만
아닌 경우도 있고
운명인 줄 몰랐어도
지내다 보니 운명이 되기도 하더라고요.

중요한 건 느낌이 오면
먼저 다가가 보는 데 있는 거 같아요.

Mykonos, Greece
하루키의 고양이들

아마도
하루키(Haruki) 씨 때문이었던 것 같아요.

그의 책 『먼 북소리』에 이끌려
그리스에서 산토리니(Santorini)를 지나
온통 하얀 벽에 파란 문을 가진
미코노스(Mykonos)에 닿았을 때,

그곳에선 왠지
많은 고양이를 만날 것 같았죠.

그런데 정말
게스트 하우스 계단에서부터
체크인 수속을 하는 거실 소파까지
주인 행세를 하는 냥이들을
만나게 된 거죠.

"미코노스에 온 걸 환영해.
이리로 올라와."

긴 항해 길에 피곤했던 나는
체크인 순서를 기다리는 동안
소파에 좀 앉고 싶었지만
그곳은 이미 이 아이가 차지하고 있었어요.

거실 소파를 온통 차지한 채
앉을 생각일랑 꿈도 꾸지 말라는 듯
늘어지게 자고 있었지요.

내가 아무리 덜커덕거려도
코까지 드렁드렁 골며 자고 있었어요.
그때부터
미코노스의 고양이의 행복법을
알 것 같았어요.

파란 하늘과 그보다 더 파란 바다,

그리고 뜨거운 태양이

내일도 있을 거라는 걸 알기에

마냥 느긋한 냥이들은

언제 어디서라도

내 삶의 주인답게

내 시간의 주인답게 살라고

말하는 듯했어요.

Cat's Advice

내 마음의 주인은 나!

옛 성현들은
수처작주(隨處作主)라 하며
어디에 있든 주인 의식을 갖고
살라고 말씀하셨죠.

다른 사람의 사랑도 소중하지만
스스로를 사랑하며 존중하지 않는 사람을
행복하게 해 줄 수 있는
방법은 아무것도 없습니다.

어디에서든 능동적인 마음으로
주인 의식을 갖는 법을
미코노스 냥이가 알려 주었어요.

Essaouira, Morocco
독립적인 고양이

모로코의 작은 어촌 마을 에사우이라(Essaouira)에서
대서양 수평선 너머로 올라오는 해를 보러 나간 길.
이 아이는 이미 그곳에서 아침을 맞고 있었어요

마치 매일매일 꼭 지키는 일과인 것처럼
그렇게 한참 바다 너머를 바라보았지요.

"오란다고 오지 않고
가란다고 가지 않는
오직 네 판단에 의해서만 오고 가는
그 독립심을 존중해.

그래서 네가 다가올 땐 다른 누가 올 때보다
더 두근두근 설레는 거겠지?"

모로코에는 사하라(Sahara) 사막도 있고
세계에서 가장 큰 포장마차가 열리는
마라케시(Marrakesh) 광장도 있고
수크(Souk)라 불리는 좁은 골목의 아름다운 시장도 있지만
그중 가장 인상적인 곳 중 하나가
바로 대서양 변의 작은 어촌 마을
에사우이라였어요.

현대 영화의 아버지라고 불리는 오손 웰스(Orson Welles)가
인생의 끝자락을 보낸 곳이기도 하고
영화 '마션(The Martian)'을 연출한
리들리 스콧(Ridley Scott) 감독도
작품 활동을 하지 않을 때는 여기서 많은 시간을
보냈다는 곳입니다.

바닷가에는 전설적인 뮤지션
지미 헨드릭스(Jimi Hendrix)가 음악 작업을 했던
반쯤 허물어진 집이 있는데,
관광객들을 태운 낙타가 어슬렁대며 돌다가
그 집 앞에 잠시 멈추곤 한답니다.

100개국을 여행한 내게 사람들이 가장 많이 물어보는 질문은
그중 한 곳을 추천한다면 어디냐는 겁니다.

모든 나라가 다 좋은데 그 같은 우문이 어디 있냐고 하다가
그중 꼽으라면 모로코를 꼽습니다.

여행은 이 세상을 살면서 다른 세상을 경험할 수 있는
유일한 방법이고 가장 이국적인 곳이 모로코였으니까요.

메디나(Medina) 입구에서 여행자들을 쳐다보며
냥이들이 이렇게 말하네요!

"어딜 그렇게 힘들게 돌아다녀?"
"우린 이 자리에 앉아서 세상을 다 만난다네."

"넌 너의 길을 가.
난 나의 길을 갈 테니."

Cat's Advice

네 생각대로
살아가는 것만으로도
대단한 거야

어쩌면
이 복잡한 세상에서
하루하루를 살아 내는 것만으로도
장한 일이고,
자기 생각과 기준에 따라
살아가는 것만으로
정말 대단한 건지도 몰라요.

자신을 믿고
그것을 지키며 사는 것.
그거면 된 거예요.

Sahara, Morocco
나의 자리를 사랑하기

사하라 사막에서 만난 이 아이는
누구보다 말라 있었어요.
살갗을 태워 버릴 듯한 40도 가까운 흙집에서
냥이를 보게 될 줄은 정말 몰랐어요.

이런 곳에서 어떻게 살아가냐고 묻는 나에게
이렇게 말하네요.

"아무것도 없는 곳이라
 아무 고민도 없어."

불편함마저 아름다워지는 곳
사하라

사막이 주는 매력은 아무것도 없는 단순한 풍경이 거울이 되어
내 맘속을 잘 비춰 볼 수 있다는 것.
시골 마을이 주는 매력은 이제 그만 화장을 지우고 치장을 벗고,
네 원래의 모습으로 돌아오라고 말해 주는 것입니다.
도시의 가식을 벗어 던져도
지금 있는 그대로 충분히 아름답다고 말해 주는 것이지요.

편한 걸로 치자면 집보다 편한 곳이 있을까요?
여행은 낯선 것들을 만나기 위해
불편함을 기꺼이 감수하는 것,
편하고 익숙하고 지루한 것과
불편하고 낯설고 가슴 뛰는 것 중의 선택이더라고요.
이만큼 살아 봐서 알 것 같아요.
자꾸만 오지를 선택하게 되는 건
몸이 편한 곳은 다녀와도 마음이 허한 적이 많았는데
오지에서는 몸이 고달픈 대신 마음이 꽉 차기 때문이지요.
이쯤 되면 정신적 긴장과 육체적 혹사는
멋진 여행의 필수 조건인지도 모르겠네요.

먹을 것도 많고 물도 많은 곳으로
가는 게 어떻겠냐고
묻는 나에게
이 아이는 이렇게 말했어요.

"아직도 모르겠니?
그렇게 비교하면 끝이 없어.
지금 내가 있는 곳이
제일 좋은 곳이야."

Cat's Advice

쓸데없는 비교하지 않기

비교하다 보면
비참해지거나
교만해지거나
둘 중의 하나라고 하지요.

내가 누군가를 부러워하는 동안
누군가는
나를 부러워하고 있을지도 몰라요.

그러니까
괜한 비교를 할 시간에
내가 가진 것들에 더 감사해 보는 건
어떨까요.

내가 어떻게 보는지에 따라
행복의 의미는 달라지니까요.

Zanzibar, Tanzania
잔지바르의 몽상가들

아프리카의 보석
잔지바르

탄자니아 동쪽, 인도양에 떠 있는 잔지바르는
그곳이 아프리카라는 사실을 까맣게 잊어버릴 만큼
아름다운 휴식의 섬입니다.
이천 년 전 페르시아를 시작으로 오랜 시간 포르투갈, 오만, 영국 등의
식민 지배를 거치며 아프리카와 이슬람, 유럽 문화가 뒤섞인
독특한 문화적 색채를 갖게 된 섬이죠.
아프리카에도 이런 아름다운 휴양지가 있다니 믿어지지 않았어요.

그곳엔 퀸의 리더 프레디 머큐리(Freddie Mercury)의 생가도 있답니다.
산호초로 둘러싸인 깨끗한 바다와
눈부시게 하얀 백사장으로
천혜의 휴양지로서의 조건을 갖추고 있는 잔지바르.
이곳의 고양이들은 스와힐리(Swahili) 어로
'모두 다 괜찮아'라는 뜻의 '하쿠나 마타타(Hakuna matata)'와
'천천히, 천천히'라는 뜻의 '폴레폴레(Pole-Pole)'라는 말처럼
아주아주 평화로운 모습을 하고 있었어요.

쥐는 3년,

개는 15년,

고양이는 20년을 살고,

인간은

100살에 가깝게 산대요.

그렇다고 인간들이 다 같은 100년을 사는 걸까요?

피천득 선생님은

기계와 같이 살아온 사람은 팔순을 살았어도

단명한 사람이라고 말씀하셨어요.

하고 싶은 걸 하며 사는 일 년이

무료하게 보내는 십 년보다

나을 수도 있는 게 아닐까요?

뭐가 되었든 간에

하고 싶은 것이 있다는 것은

축복받은 일임에 틀림없으니까요.

고양이는 물을 싫어한다,
고양이는 떠나는 것을 싫어한다…
꼭 그렇지도 않더군요.

세상엔 물을 좋아하는 고양이도 있고
수평선을 바라보며 사색하는 고양이도 있고
떠나는 것을 무서워하지 않는 고양이도 있다는 것.

이 아이들은 나에게
편견이 제일 어리석다고,
스스로 한계를 지을 필요는 없다고
말해 주는 것 같았어요.

Cat's Advice

뭐든 해 보기 전엔 모르는 거야

이 세상에서 가장 서글픈 말이 뭔 줄 아세요?
그건…
"진작 해 볼걸."이래요.

어떤 여행지도 가 보기 전엔
얼마나 좋을지 나쁠지 알 수 없듯이
하려는 일들도 실제로 해 보기 전엔
좋을지 나쁠지 모르는 거더라고요.

정말 좋아할 것 같았는데
별로였을 때도 많고
별로일 것 같았는데
정말 좋아하게 된 것도 있어요.
그러니 좋아하는 게 뭔지 모르겠고
그것을 찾고 싶다면
이것저것 다 해 보는 거예요.
그러다 보면 알게 돼요.
내가 정말 좋아하는게 뭔지.

낭비해 버린 것처럼 여겨지는 점(點) 같은 시간들도
지나고 보면 내가 원하는 곳으로
가게 해 주는 선(線)이었단 걸
알게 되더라고요.

세계에서 가장 높은 곳에 위치한 몽골은

평균 고도가 1,580미터나 됩니다.

겨울은 춥고 길지만

여름엔 건조하고 선선해서 최적의 피서지인 곳이지요.

눈을 맑게 만들고 싶을 때

가슴을 시원하게 만들고 싶을 때

몽골만 한 곳은 세계 어디에도 없는 거 같아요.

그곳에 가면 애쓰지 않아도

머릿속이 깨끗이 비워지거든요.

Mongolia
광활한 초원의 고양이

한여름에도 오싹한 한기마저 느껴지는
몽골식 텐트, 게르(Ger)에서 눈을 떴을 때
문 앞에 앉아 해돋이를 보고 있는 냥이를 만났어요.

이 광활한 땅과 작고 작은 이 아이는
어쩌면 어울리지 않는 듯도 보였죠.

그러나 다음 순간,
말들과 함께 초원을 거닐고
붉게 물든 노을을 보며 잠이 드는 이 아이의 삶이
부럽다는 생각이 들었어요.

비어 있는 곳에선 내가 누구인지 생각해 보게 하는
더 큰 울림을 들을 수 있어 좋았어요.
옛 선지자나 성현들이 모두 깨달음을 얻기 위해
사막이나 비어 있는 곳들을 찾은 이유도 알 수 있었고요.

사람들이 내면을 보기 두려워하는 건 그 속에 있는 것들을
맞닥뜨리는 데 용기가 필요하기 때문이래요.
그래서 스스로를 쓸데없는 일로 바쁘게 만들며
내면의 거울을 보는 일을 피해 다니는 거죠.
그러나 내면의 거울을 들여다보지 못하면
늘 무언가 공허해서 다른 사람을 신경 쓰게 되고,
확고한 중심이 없어 헛된 믿음에 휩쓸리게도 되더군요.

마침내 어렵게 마주한 내면의 목소리는
내게 이렇게 말해 주었어요.
나의 가치를 결정짓는 것은 남의 눈에
내가 얼마나 많은 명예와 재산을 가졌느냐가 아니라
내가 얼마만큼 나 자신의 영혼과 부합된 삶을 살고 있느냐에 있고,
그것이 진정한 행복이라고 말이지요.

Cat's Advice

내면의 목소리 듣기

소확행도 좋지만,
가끔은 광활한 곳에서
마음속의 목소리를 듣는 시간도 필요해요.

나를 마주하는 일은 고독하고 힘들어도
스스로에게 질문하고 또 하다 보면
본질에 조금 더 가까운 삶을 살게 되니까요.

철학 박사 최진석 선생님은
존재에 대한 질문 없이 소확행만 찾는 것은
개방적인 자아가 아니라
폐쇄적인 자아를 만드는 거라고 하셨어요.

사는 것도 마찬가지인 듯해요.
눈앞의 말초적인 것에만 만족하다 보면
영혼이 공허해지고
추상적인 영혼만 쫓다 보면
막막해서 힘들어지죠.

작은 즐거움을 놓치지 않으면서도
내 삶의 방향은 잊지 않는 것,
그런 게 진짜 앞으로 나아가는 거 아닐까요?

Havana, Cuba
쿠바의 일광욕하는 고양이

전 세계 어디를 가도 비슷한 모습이 되어 가는
지구라는 행성에서
마치 타임머신을 탄 듯 1950년대의 모습을
그대로 간직한 곳이 있으니
바로 쿠바입니다.

페인트칠이 벗겨진 낡은 건물들과
빨래가 나풀대는 발코니,
혁명가들의 얼굴이 그려진 벽화들과
영화 속 한 장면처럼 거리를 누비는
클래식 카가 어우러진 쿠바의 수도 아바나(Havana)는
세상 어디에서도 만날 수 없는
빈티지한 아름다움으로 빛나는 곳이에요.

바로 이 골목에서
관심이라고는 끌 생각이 없는 듯하지만
그래서 오히려 더
존재감 최고인 냥이들을 만났습니다.

골목 한 귀퉁이에서
햇살을 즐기고 있던 냥이들은
더 많이 보려고 바쁘게 발길을 옮기는 내게
이렇게 말했어요.

"이리 와서 잠시만 멈춰서
 햇살을 즐겨 보는 건 어때?"

"오늘은 오늘의 햇살을 즐기면 돼.
 그 햇살을 오롯이 즐기기에도 생은 짧아."

Cat's Advice

빛을 선택하기

우리 마음속에는 빛과 어둠이 있다고 합니다.
빛을 선택하면 빛을 따라가고
어둠을 선택하면 어두운 곳으로 간다지요?

에너지 뱀파이어라는 말 아세요?
당신의 에너지를 빼앗아 가는 사람,
어두운 물건, 장소들을 멀리하세요.
대신 빛처럼 당신에게 에너지를 주는 것들을
따라가는 겁니다.

내일을 위해 힘겹게 나아가는 중에도
이따금씩 쏟아지는 햇살을 향해
감사의 미소를 지어 본다면
다음 발걸음이 훨씬 가벼워질 거예요.

Sirince, Turkey
시간의 주인으로 살기

터키 셀추크(Selcuk)에서 멀지 않은 곳에
아름다운 산간 마을 쉬린제(Sirince)가 있습니다.
오스만 시대의 농촌 모습을 고스란히 간직한
그리스풍 마을이에요.

1924년 터키와 그리스 정부가 주민을 교환할 때
그리스에서 온 터키인들이
손수 재배한 과일들로 와인을 만들기 시작해
지금은 와인으로 유명해졌어요.
손님이 오거나 말거나 와인을 마시고 계신 가게 주인아저씨와
노곤하게 잠든 냥이들이 정말 평화로워 보였어요.

"왜 맨날 잠만 자냐고?
낮잠은 아무나 잘 수 있는 것이 아니야.
세상 무엇에도 얽매이지 않을 수 있는
나 같은 존재만이 누릴 수 있는
특권 같은 거지."

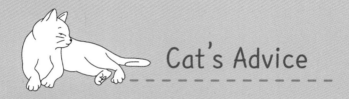

Cat's Advice

바쁘게 움직인다고
다 좋은 게 아니야

머릿속이 복잡할 땐
그냥 멍하게 앉아 먼 산을 바라보거나
그냥 눈을 감아 봅니다.

그러면 오히려 놓치고 있는 게 무엇인지
깨닫게 되기도 하더라고요.

이집트 홍해에 있는 작은 어촌 마을 다합(Dahab)은

스쿠버 다이빙의 성지라고 불리는 곳이에요.

이곳의 바다는 다이빙을 하기에도 너무 좋은 곳이지만

다이빙을 하지 않더라도

바다를 바라보며 푹신한 큰 쿠션에 몸을 기대고

아무 생각 없이 쉬기에도 너무 좋은 곳이었어요.

Dahab, Egypt
무심하게 그렇게

그곳에서 만난 냥이는
날 한참 뚫어지게 바라보더니
무표정하게 고개를 돌려 버렸어요.
그런데 그땐 이 아이가 보여 준 무심함이
이상하게 위로가 되었어요.
가는 곳마다 사람들을 신경 쓰느라
지쳐 있었나 봐요.

"고양이로 살면 어떤 점이 좋아?"

"글쎄…,
아마도 웬만한 일엔
호들갑을 떨지 않게 되는 것?"

Cat's Advice

미움받을 용기

내가 아무리 잘하려고 노력한다 해도
언제나 내 의견에 반대하는 사람,
이유 없이 나를 싫어하는 사람은 있기 마련이더군요.
나도 마찬가지고요.

어떤 결정을 하려고 조언을 구했을 때도 마찬가지였어요.
누군 찬성, 누군 반대!
세상에 모두를 만족시키는 결정이란 없다는 걸 알았죠.

그러니 모두에게 맞추느라 지쳤다면
이제 그만 신경을 끄고 무심해져 보는 건 어때요?
내 진짜 모습을 좋아하지 않는다면
어차피 오래가는 친구는 되기 힘든 거니까요.

내 모습 그대로를 좋아해 주는 사람은
한두 명 정도면 충분해요.
그렇게 지내다 보면
나를 진짜 좋아하고 응원해 주는 사람을
만나게 되더라고요.
그리고 무엇보다 나의 최고의 친구는
내 자신이라는 걸 잊지 마세요.

Baku, Azerbaijan
당당하게 캣츠 로드

코카서스(Caucasus) 산맥 아래에는
아제르바이잔(Azerbaijan), 아르메니아(Armenia), 그루지야(Gruziya)
혹은 조지아(Georgia)라 불리는 코카서스 3국이 있어요.

아르메니아와 그루지야가 아날로그적 감성을 간직하고 있다면
석유가 많이 나는 카스피 해(Caspian Sea)를 끼고 있는
아제르바이잔의 수도 바쿠(Baku)는
첨단과 역사, 옛것과 새것이 공존하는 곳이었어요.
세상은 언제나 양면적인 것들로 얽혀 돌아가지만
그럼 어때요? 나만 중심을 잡으면 되는 겁니다.

가끔 내 가치관이 뚜렷이 잡혔다고 생각하다가도
다른 가치관의 사람들을 만나고 온 날은
정말 내가 잘 살고 있는 건가 혼란스러울 때가 있어요.
그러나 잠시 휘둘린 건 며칠 지나면 잊혀지더군요.
그러니 중요한 건 잠시 헷갈렸다가도
다시 돌아와 내 삶의 중심을 잡는 일인 것 같아요.

내가 좋아하는 일과 안정된 직업을 두고
한참 고민하며 걷고 있을 때였어요.

"돈이 중요하다면 네가 하고 싶은 걸 희생해야 해.
돈도 벌고 좋아하는 일도 하면 좋겠지만
세상에 그럴 수 있는 사람은 거의 없어.
네가 좋아하는 걸 하려면 돈은 많이 못 벌지도 몰라.
그렇지만 적어도 네가 좋아하는 일을 한다는 것만으로
충분한 보상이 되지 않을까."

바쿠의 어느 길에서 만난 고양이는
이런 말을 던지고
거침없이 자기가 가던 길을 걸어갔어요.

사람마다 행복을 느끼는 것이 따로 있다는 걸
살면서 알게 되었죠.
그러니 언제나 삶은 선택의 문제고
선택했다면 돌아보지 말고 그 길을 가야 하는 거더라고요.
나머진 감수하는 거죠.
어떤 행복도 조금은 다 감수해야 할 것들이 있는 법이니까요.

Cat's Advice

마음의 지도를 따라가기

"당신이 살아 있는 동안은
 당신의 심장을 따르라."

이 말은 사유를 관장하는 장기가 심장이라 믿었던
이집트 사람들의 고대 문헌에
자주 등장하는 말이라고 합니다.
지금 제대로 가고 있는지
잘못 가고 있는지 알기란 쉽지 않지만
자신에 대한 믿음만 있다면
어떤 길을 가도
행복할 수 있을 거예요.

그때는 맞고 지금은 틀리다고요?
아니에요.
그때도 맞고 지금도 맞는 선택으로
만들면 돼요.

Tbilisi, Georgia
내가 네 편이 되어 줄게

코카서스 3국 중 하나인 조지아.

사실 저는 조지아라는 미국식 이름보다

그루지야라는 예전 소비에트 시절 이름을 더 좋아해요.

조지아는 미국의 조지아와 헷갈리기도 하고요.

그곳의 수도 트빌리시(Tbilisi)는 프랑스 파리 저리 가라 할 만큼

야경도 낮의 풍경도 모두 아름다운 곳이었어요.

온종일 걸어 다니다가 허기가 져서

요기나 하려고 레스토랑에 앉았을 때

어느새 이 아이가 다가와 나를 빤히 바라보더군요.

"반가워. 넌 어디서 왔니?"

"어이, 이방인 친구.
혼자 먹기 심심하지 않아?
그 닭 다리 내게도 좀 던져 보라고…."

여기서도 냥이가 반겨 주네요.
사실 사람은 다가오면
조금은 경계하게 되지만
냥이는 전혀 그럴 필요가 없으니까요.
세상 어디서나
친구가 되어 주는
이 아이들로 인해
혼자 하는 여행도 외롭지만은 않답니다.

Cat's Advice

네 편은 언제나 있어

친구가 없다고요?
당신 편은 하나도 없다고요?
그렇지 않아요.
당신 편은 언제나 있어요.

그런데 내 편을 만들려면
그가 내게 해 주길 바라는 만큼
먼저 내가 그의 편이 되어 주려고
노력해야 하더라고요.
세상 이치가 그런 것.
세상에 공짜는 없답니다.

Malta
스타일리시한 고양이

유럽 대륙과 아프리카 대륙의 사이

지중해에 떠 있는 작지만 아름다운 섬나라 몰타(Malta)는

유럽에서 가장 중세의 모습을 잘 간직하고 있는 곳입니다.

사람들도 한없이 친절하고 상냥해서

어딜 가나 도움을 주고 싶어 하는

미소 가득한 사람들이 사는 곳이랍니다.

영어를 사용해서 많은 사람들이 어학 연수를 가는 곳이라는 걸

가 보고서야 알게 되었죠.

몰타에서 만난 고양이는
몰타를 닮아 깔끔하고 세련된 멋쟁이였어요.

"자, 이제 세수를 해 볼까
 흔적일랑 남기면 안 되니까
 먼저 앞발에 침을 묻히고
 어깨부터 꼬리까지 구석구석 씻는 거야.
 윤기가 자르르 날 때까지.
 어때요? 나 미남이죠?"

Cat's Advice

나만의 개성 있는
고양이가 될 거야

스타일이란 겉모습이 아니라
삶의 방식이라고 하죠.

내가 입는 옷,
내가 드는 가방 하나는
내가 어떤 삶을 지향하는지를
표현해 줍니다.

요즘은 다 똑같은 옷,
다 똑같은 포즈로 사진을 찍어서
구분이 안 되는 것 같아요.
유행이니 뭐니 남들만 따라 하기보다는
나만의 스타일을 가져 보는 건 어떨까요.

세상에서 하나뿐인
고유한 고양이가 되어 보는 거죠.

Buenos Aires, Argentina
메멘토 모리

메멘토 모리(Memento mori)는 '죽음을 기억하라'는 뜻이에요.

아르헨티나의 수도 부에노스아이레스(Buenos Aires)에 있는

리콜레타(Recoleta) 묘지엔 불꽃같은 삶을 살다 간

에바 페론(Eva Peron) 묘지가 있는데

묘지들이 다 똑같이 생겨서

한참을 헤맨 뒤에야

그녀의 묘지를 찾을 수 있었지요.

그녀의 묘지 앞은 언제나 추모객들로 북적이고

그 앞엔 다른 곳과 달리

언제나 빨간 장미가 꽂혀 있었어요.

죽음 후의 삶엔 관심이 없지만

이렇게 기억되는 것도 나쁘지 않은 것 같다는

생각을 해 보게 되는 곳이었어요.

Don't Cry For Me, Argentina

에바 페론은 사람들에게
그녀를 위해 울지 말라고 말했지만

그녀를 그리워하는 이들은
어제도 오늘도 한결같이 찾아가
꽃을 두고 오기도 하며
변함없이 그녀 곁을
지키고 있어요.

가끔 자기 생의 마지막이 어떤 모습이면 좋을지
어떻게 기억되면 좋을지 생각해 보는 건
오늘의 삶을 더 충실하게 살게 해 주는 것 같습니다.

159

Cat's Advice

내일 기억되고 싶은 모습으로
오늘을 살기

내일이란 없다고 누군가 말했죠.
지금 이 순간이 바로 내일이 되는 거니까요.
내일은 오늘과 같은 말인지도 모르겠네요.

하루하루 충실히 사는 게 최고지만
가끔 헷갈릴 땐
마지막에 어떤 모습으로 기억되고 싶은지
생각해 보면
정말 중요한 것,
의미 있는 것이 무엇인지
깔끔하게 정리가 되기도 하더라고요.

Luang Prabang, Laos
수행하는 고양이

세상에서 가장 아름다운 사람들의 나라, 라오스(Laos)
루앙 프라방(Luang Prabang)의 아침은
거대한 딱밧(Tak Bat. 탁발) 행렬로 시작됩니다.

조용한 아침 6시 반,
사람들은 딱밧 시간에 맞추어 일어나
정성껏 딱밧을 위한 음식을 마련합니다.

딱밧이 끝나면 오토바이 소리가 커지기 시작하고
여기저기 가게들이 문을 열며 비로소 하루가 시작되지요.

어때요? 부스스한 머리로 느지막이 일어나 텔레비전을 켜고
밤새 일어난 온갖 흉악한 사건 사고나 재난 뉴스로
하루를 시작하는 우리들의 하루와 참 다르지 않나요?

일상이 수행

루앙 프라방 게스트 하우스에서 내려다본 나잇 마켓거리.
사람들은 날마다 늘 처음처럼 정성스레 자리를 깔고,
물건을 하나씩 하나씩 꼼꼼히 진열하고 웃으며 손님을 맞이했어요.
그 흔한 자리싸움쯤 일어날 만도 한데
언제나 한결같이 너무나 조용했어요.
지나가는 행인에게 하나쯤 사라고 권할 만도 한데,
손님이 마음껏 물건을 감상할 수 있게 엷은 미소만 짓는 사람들.

저 작은 행동 하나하나가 수련이고 수행이 아니라면 또 무엇일까요.

라오스는 마음도 그렇게 닦아야지만
단단할 수 있단 걸 알게 해 준 나라예요.
건강해지기 위해 매일매일 근육을 단련하듯
마음의 근육도 그렇게 매일매일 단련하지 않으면
근육이 빠지고 흐물흐물해진다는 걸 알게 되었죠.

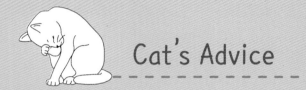

Cat's Advice

마음의 근육 기르기

아주 작은 것이라도
나만의 하루를 시작하는 의식을
치르는 건 좋은 거 같아요.

커피 한 잔을 정성껏 내린다든가
가벼운 체조를 한다든가
감사의 리스트를 써 보는 일 같은 것.

몸도 마음도 단단해지려면
단련이 필요하니까요.

Jakarta, Indonesia
광각으로 세상 보기

인도네시아 자카르타(Jakarta) 친구 집에서 만난 냥이는
온통 새카매서 '초코'라는 이름이 딱 어울렸지요.

고양이 박사님 말씀에 의하면
냥이는 동공과 수염으로도 감정을 표현한다고 하더군요.
동공 모양이 가늘고 수염이 처져 있을수록
몸과 마음이 편안한 상태라고 해요.

"아무튼,
너 지금 나랑 있어 좋단 거지? 헤헤."

Cat's Advice

광각 렌즈로 바라봐

사람은 한 눈으로 210도까지 보지만
고양이들은 285도까지 볼 수 있다네요.

광각 렌즈 같은 눈으로 보는 세상은 더 넓고,
더 많은 것들이 있겠지요.

가끔은 광각 렌즈로
세상을 바라보는 건 어떨까요?

좁은 마음에서 벗어나
넓은 마음으로 바라보는 세상은
좀 더 시원할 것 같아요.

Ogijima, Japan
이 섬의 주인은 나야 나!

일본 나오시마(Naoshima) 섬 옆엔 오기지마(Ogijima)라는 섬이 있는데
고양이들이 하도 많아서 '고양이 섬'이라 불린답니다.

나오시마는 아트 투어로 유명한 곳으로
세토우치(Setouchi) 아트 축제 기간엔 나오시마 섬뿐 아니라
인근에 있는 다른 섬들에서도 전시가 열립니다

나오시마에 온다면 오기지마 섬이나
테시마(Teshima) 섬 같은 인근 섬에도
꼭 가 보길 바랍니다.
나오시마에만 왔다가 간다면
진짜 예술품은 못 본 걸지도 몰라요.

나오시마에서 배로 30분 정도 가면 있는 오기지마 섬은
듣던 대로 냥이들의 천국이었어요.
고양이 사진 찍으러 일부러 찾아온 사람들도 많더라고요.

어떤 도시에 처음 들어가

그 도시를 처음으로 느껴 보고 만져 보는 것.

그 거리에 들어서서 이런저런 길에 접어들고

그 골목길과 샛길에서

기분 좋게 길을 잃고 헤매어 보는 것.

그 시간, 그 장소만이 내뿜을 수 있는 고유의 향기를 맡고

집들과 벽들, 발밑에 깔린 돌들을 탐사하는 그 순간이

내가 가장 사랑하는 순간입니다.

그 시간 동안은 마치 잠들어 있던 모든 감각들이

하나하나 소리치며 깨어나는 소리가 들리는 것 같거든요.

오기지마 섬에선 냥이들을 만나고

눈을 맞추는 일이 너무나 짜릿했습니다.

사실 저는 어느 쪽이냐면
자기가 평범하지 않게 보이려고
무조건 남들이 좋다고 하는 것엔
어깃장부터 놓고 보는 사람,
모두 왼쪽으로 갈 때
무조건 튀려고 오른쪽으로 가는 사람은
정말 유치하다고 생각해요.
한때는 뭔가 있어 보인다고 생각한 적도 있지만
돌아보니 그건 한때의 치기 같은 거였죠.

오히려 아무리 평범해 보이려고 해도
오랜 내공으로 인해 사소한 몸짓 하나,
말투 하나에서 빛나는 존재감이 어쩔 수 없이
툭 튀어나와 버리고 마는 그런 쪽이
진짜 매력덩어리라고 생각돼요.

고양이 얼굴에선 페로몬(Pheromone)이 나온대요.
그래서 미간 사이와 턱을 만져 주면
좋아한대요.
길을 걷다가 고양이를 만나면
이렇게 다가가 보는 건 어때요?

"전시장이 어디냐고?

예술을 뭘 거기서 찾아?

최고의 오브제는 나의 숨 막히는 뒤태지!"

자신감 뿜뿜인 냥이도 있고,

"어때, 나 유연하지?"

자기의 요가 실력을 뽐내는 고양이도 있네요.

"여기가 펜트하우스야."
높은 곳을 자랑하는 고양이도 있고,

"어쭈! 쟤 어딜 또 올라오는 거야?
안 보여? 여기 자리 없다고….."

왕따 시키는 고양이도 있네요.

아옹다옹 다투면서도
오기지마 냥이들은
혼자서도 여럿이도 잘 지내고 있었어요.

그래요.

혼자 있을 땐 좀 외롭지만
남 신경 안 써서 편하고
함께 있을 땐 좀 안 맞지만
외롭지 않아 좋지요.

혼자 있을 땐 외로워하고
여럿 있을 땐 피곤해하는 일.
제일 어리석은 거 같아요.

'따로 또 같이'가 제 삶의 모토랍니다.

각자의 스타일을 존중할 줄 아는 냥이들처럼
혼자서도, 여럿이도 즐길 줄 아는
성숙한 내가 될 거예요.

"군중 속의 고독이라고 들어 봤나.
친구도 좋지만 온종일 함께인 건
너무 피곤해.
가끔은 떨어져 나와서
내 자신을 돌아보는 거지.
그래야 너희들과도
더 잘 지낼 수 있다고."

돈 내라는 말보다 싫은 말이
'힘내!'라고 어느 힙합 가사에도 있더군요.

저는 위로를 잘 못하는 쪽이에요.
말로만 하는 '힘내'라는 말은
저부터도 별로거든요.
약간 힘들 땐 그것도 위로가 되지만
정말 힘들 땐 위로가 안 돼요.

그러니 제가 힘들 땐
자꾸 힘내라고 하지 말아 주세요.

그냥 맛있는 밥 한 끼 사 주든지
아니면 잠자코 있어 줄래요?

어떤 날엔 유난히 내 자신이
맘에 안 들 때가 있어요.
그럴 땐 짜증 제대로죠.

그렇지만 그런 나도 사랑하려고 해요.
세상과 맞짱 뜨기도 힘든데
나 자신이랑도 싸워야 한다면
그건 너무 힘들잖아요.

맘에 들지 않는 나도 나니까
괜찮다고 그냥 토닥여 줄래요.
나 자신과 평화롭게 지내는 게
최고의 행복이니까요.

그래서 짜증 날 땐 그냥 잠을 자요.
자고 일어나면
세상이 달리 보이기도 하더라고요.
새로 태어난 것처럼.

"건들지 마라…

자는 거 아니고 에너지 비축 중인 것임…."

누구에게나 안 좋은 일은 일어나요.
중요한 건 그런 일이 내게 생겼을 때
얼마나 빨리 잘 털고 일어나느냐에
달려 있는 거 같아요.

"난 이제 곧 다 털고 일어나
새로 시작할 거라고. 두고 봐!"

회복 탄력성이라는 말이 있지요.
긍정적인 사람은 아무리 안 좋은 상황에도
오뚝이처럼 털고 일어납니다.

"세상이 내게 레몬을 준다면
레모네이드를 만들어 볼 거야."

아인슈타인(Einstein)은 삶을 살아가는 데에는
두 가지 방법만이 있다고 했죠.
하나는 어떤 것도 놀랍지 않다고 생각하며 사는 것이고,
다른 하나는 세상 모든 일이
기적이라 생각하며 사는 것이라고 말이죠.

Cat's Advice

나를 사랑하는 사람들과
따로 또 같이

비행기에서 무슨 일이 일어나면
산소마스크를 본인이 제일 먼저 써야
다른 사람도 살릴 수 있다는 거
알고 있나요?

어떤 순간에도 가장 우선해야 할 것은
자기 자신입니다.
그건 이기적인 게 아니라
현명한 거예요.
내 자신도 못 챙기면서
다른 사람을 도울 순 없으니까요.

Ishigaki, Japan
냥이들의 바캉스

오키나와(Okinawa)에서 비행기로 1시간.
일본 본토보다 오히려 대만 쪽에 가까운 이시가키(Ishigaki) 섬은
드넓게 펼쳐진 옥수수밭과 맹그로브 숲이 이국적이었어요.

근처엔 소가 끄는 마차(우마차)가 다니는 또 다른 섬들도 있고
별 모양의 모래가 있는 새하얀 백사장이 있는 섬도 있어요.

이곳에선 느긋하게 지내면서
주변의 작은 섬들을 하나하나 탐색해 보거나
노을 지는 바다에서 선셋 카약을 탈 수도 있답니다.

"이게 얼마 만이야?
오랜만에 바캉스를 즐겨 보자고!"

"근데 물에 들어갈 자신 있어?
겁나지 않아?"

"겁나기는 하는데…
그래도 들어가 보고 싶어.
궁금한 걸 내가 못 참잖아."

Cat's Advice

호기심 잃지 않기

때론 멀고 먼 곳을 힘들게 찾아가면서
고달픈 인생이라 생각될 때도 있지만
권태롭거나
무기력한 것보단
호기심 충만한 게 낫다는 생각을 합니다.
날마다 새로워진 냥이로 사는 거
생각만으로 재미있지 않나요?

하늘 아래 가장 평화로운 마을, 사파(Sapa)

사파는 베트남 북부, 소수 부족들이 모여 사는
고산 지역에 있습니다.
하노이(Hanoi)에서도 버스나 기차로 밤새 달려야 하니
쉽게 닿긴 힘든 곳이지요.
가기도 힘든 이런 곳을 굳이 왜 이렇게
찾아가는지 생각할 때도 많지만,
쉽게 닿기 힘든 곳일수록
다른 곳에선 접하기 힘든 많은 것들을
경험할 수 있기에 그 가치는 충분하더군요.
겹겹이 겹쳐진 산등성이와 논들,
해발 2천 미터의 탁 트인 이 풍경을
만날 수 있는 곳은 그리 많지 않으니까요.

Sapa, Vietnam
고산족 고양이

"어때? 우리 집 앞마당의 클래스가 이 정도야.

호연지기(浩然之氣)가 저절로 길러지지 않겠니?"

"에구, 산이 왜 이렇게 높은 거야?
고산증 때문에 힘들었네.
힘든 산에도 무사히 다녀왔으니
이제부턴 햇살 따스한 곳에서
한숨 자 볼까?"

Cat's Advice

가끔은 평화롭게

아무 일도 일어나지 않아
평범한 날이라고요?
심심한 날이었다고요?

특별한 일이 없는 날은
평범한 날이 아니라
평화로운 날인지도 몰라요.

아무 일 없이 지나간 무사한 날들이
지금 생각해 보면
가장 감사한 날인 것도 같네요.

Hoshihana Village, Thailand
No! 킬링 라이프
Yes! 힐링 라이프

일본 영화 '수영장'의 배경,
호시하나 빌리지(Hoshihana village)

태국 북부 북방의 장미라 불리는 치앙마이(Chiang Mai)는
여름이면 많이 덥지도 않은 데다
건조하고 쾌적한 날씨로 세계인의 사랑을 받는 곳입니다.
한 달 살이도 많이 오지만 어떤 사람들은
아예 여행 왔다가 눌러앉아 살기도 하는 곳이지요.
예술적 향기도 가득해서 아티스트들이나 글쟁이들이
아지트 삼기 좋은 곳이기도 합니다.
올드타운(Oldtown)에서 차로 30분 정도 거리에 위치한
호시하나 빌리지엔 자기만의 천국을 가진
냥이들이 살고 있었어요.

어떤 이와는 말이 하나도 통하지 않아도 공감 지수 100%,

어떤 이와는 같은 언어를 쓰는데도 공감 지수 0%

가끔은 어리둥절할 때도 있고

이해가 되지 않을 때도 있지만

조금만 여유를 갖고 들여다보면

모든 것은 다 이유가 있더군요.

"이곳에선 굳이 설명 안 해도 돼.

 네 맘을 그대로 읽어 주는 내가 있으니까…."

"복잡한 곳을 피해서 여기 왔구나.

나도 그래.
사람들 시선 좀 피해서
그늘에서 좀 쉬려고."

"여기서는
그냥 쉬는 거야.
뭘 하려고 하지 마.
아무 생각 없이 빈둥거리다 보면
아이디어가 마구 떠오를걸?"

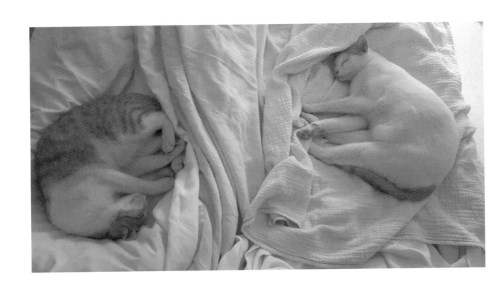

"바깥은 쌀쌀하니 같이 좀 자요."

아침에 일어나니 이 친구들이
함께 자고 있었어요.

Cat's Advice

아무것도 안 할 자유
무엇이든 할 자유

결국 자유라는 것도
내가 만드는 건지도 모르겠어요.

하고 싶은 걸 하는 것도
하기 싫은 걸 안 하는 것도
모두 자유 의지에서 비롯되니까요.

생은 태어날 때부터 불공평하다고들 하지만
모두에게 공평한 게 하나 있으니
바로 '하루 24시간'이라는 시간입니다.

어떤 사람은 자기 시간이라고는 없이 시간의 노예로 살지만
먹고살 만큼의 시간을 일을 위해 내어 준 후엔
나머지 시간은 시간의 주인이 되어 사는 것도 좋은 것 같아요.
진짜 부자는 시간 부자라는 말도 있잖아요?

Chiang Mai, Thailand

세상의 성공은 오직 하나.
내 맘대로 사는 것뿐!

탤렌 마이데너(Talane Miedaner) 선생님은
『웰빙으로 나를 경영하라』라는 책에서
이렇게 제안하고 있어요.

기분 좋은 습관을 만들 것,
싫으면 노(No)라고 말할 것,
하루 다섯 명에게 감사 편지 쓸 것,
다른 사람에게 넘겨도 될 일은 넘길 것,
칭찬 대신 인정할 것!

그리고 제일 중요한 건,
언제나 ME-FIRST!!
자기 자신을 가장 최우선으로 위하라는 겁니다.
자신이 행복하지 않으면 너그러워질 수 없고
결국 다른 사람을 행복하게 할 수도 없으니까요.

"싫은 일엔 정확히
'No' 라고 말하면 돼.
지금의 나처럼!"

멋진 사진도 보면서
시원하게 쉬어 갈 수도 있는
치앙마이 사진 박물관에 갔을 때
입구를 지키는 냥이를 만났어요.

"관람 전에 신발은 벗어 주세요.
치앙마이에선 그게 매너입니다."

"누가 그래?
내가 외로움을 안 탄다고….

자유롭기 위해서 그저
무소의 뿔처럼
아니, 고양이 발톱처럼
혼자서 갈 뿐이야."

Cat's Advice

가끔은 단호해지기

황금 같은 시간을 잘 쓰려면
좋아하는 일엔 망설임 없이 '예스',
싫거나 안 해도 되는 일엔
단호하게 '노'라고 말할 줄 알아야 해요.

원하지도 않는 일에 끌려다니느라
내 소중한 에너지와 시간을
낭비하는 건 어리석죠.

미움받을까 두려워
여기저기 끌려다니다 보면
몸은 몸대로 피곤하고
내 자신이 누군지 잃어버리게 되더라고요.

Yes, No만 분명히 말해도
시간의 주인으로 살 수 있는 것 같아요.
거기서 생기는 다소간의 손해는
감수해야겠죠.

별의 도시, 치앙다오(Chiang Dao)

태국 북부 치앙마이에서 로컬 버스를 타고
두 시간 가면 있는 치앙다오.
치앙은 '도시', '다오'는 별!
별이 잘 보인다고 해서 '별의 도시'라는 이름이 붙은 곳입니다.

치앙다오 메인타운에서 차로 20분 거리에 있는
왓 프라 탓 도이 몽 칭(Wat Phra That Doi Mon Ching)사원은
석양이 아름답기로 유명한데
여기서 정말 많은 고양이를 만났습니다.

Chiang Dao, Thailand
불자가 된 고양이

"불자님들,
공양 시간입니다."

스님은 한 분인데
고양이는 정말 많은 곳이었어요.

"108배, 이거 이거
생각보다 힘드네."

"내 누울 곳만 있다면
이곳이 극락이지.
암,
공수래공수거(空手來空手去)."

" 색즉공(色卽空)

공즉생(空卽色)"

여행 초보랑 고수랑 어떻게 구분하는지 아세요?

초보는 늘 짐이 많아

짐에 끌려다닙니다.

가방이 크면 이동하기에도 불편하고 힘들어요.

여행지도 사람 사는 곳이라

필수품은 다 있는데

굳이 다 싸 들고 다니는 건 어리석죠.

소유한 게 많으면 이동 자체가 짜증 나지만

소유한 게 적으면 움직임이 민첩해져서

세상 어디라도 갈 수 있어요.

Cat's Advice

미니멀하게 살기

여행을 하면서 좋은 점은
삶에 꼭 필요한 것들이
배낭 하나만큼밖에 안 된다는 걸
경험으로 알게 되는 거였어요.

생각도 살림도 불필요한 건 줄여 보면
거기에 쏟을 에너지도 절약돼서
더 창의적인 데 쓸 수 있어요.
스티브 잡스(Steve Jobs)는 창의적 아이디어에
쓸 에너지를 비축하느라
옷도 같은 색깔만 입었다죠.

삶에서 꼭 필요한 것들을 알게 되면
쓸데없는 욕심도 안 부리게 되는 것 같아요.

Jeju, Korea
나만의 꽃 피우기

벗꽃은 벗꽃으로
동백은 동백으로
고양이는 고양이로 피어날 뿐!
벗꽃이 동백이 되거나
동백이 고양이가 될 수는 없는 거잖아요.

군더더기 걷어 내기

진짜 꽃을 피우기 위해선
가짜들은 과감히 잘라 내야 합니다.
인간관계도 마찬가지인 것 같아요.

불필요한 인간관계,
불필요한 일을 가지치기해서
오롯이 하고 싶은 일에
집중할 것.
그래야 꼭 피우고 싶은 모양의
꽃을 피워 낼 수 있을 테니까요.

완성이란 덧붙일 게 없을 때가 아니라
떼어 낼 것이 없을 때라는 말은
삶에도 적용되어야 할
규칙이 아닐까요.

내게 없는 것을 구하느라 시간을 쏟기보다는
내가 잘하는 것을 더 잘하는 데 집중할래요.
남들을 쫓아다니며 부러워하다
이 봄을 끝내긴 싫거든요.

뭘 잘하는지 모르겠다고요?
남들에겐 엄청 힘든 일인데
왠지 내겐 애쓰지 않아도 잘하는 일.
힘이 덜 드는 일이 어쩌면
가장 잘할 수 있는 일인 것도 같네요.

Cat's Advice

내가 잘하는 것에 집중하기

자신에게 집중하기 바쁜 사람은

다른 사람이 뭘 하든

별로 관심을 쏟을 시간도 없을 뿐더러

사람들은 저마다 잘하는 게 다르니

그의 성공도 기꺼이 축하해 줄 수 있는 아량도 생기지만

자기 세계가 없는 사람은 중심이 없으니

다른 사람에게 기준이 맞춰져서

따라 하기 바쁘고 못 쫓아가면

시기, 질투, 열등감에 빠지게 됩니다.

이렇게 남의 불행과 고통을 보며 느끼는 기쁨을

심리학 용어로 '샤덴프로이데(Schadenfreude)'라고 한다네요.

인간은 사회적 동물이라

자존감도 남들에 의해 좌우되기도 하지만

남들에게 흔들리지 않고 스스로 단단한 사람이

되는 게 최선이라 생각됩니다.

마음먹은 대로 잘되지 않을 땐
나도 우울하기도 하고,

허탈해질 때도 있지만,

이런 때도 있고 저런 때도 있는 거예요.

좀 자고 일어나면

괜찮아지겠죠.

Cat's Advice

모든 걸 경험으로 생각하기

여행에서도 가장 힘들었던 순간이 무용담으로 남는 것처럼
우리 삶도 그런 것 같아요.
매일매일 힘을 낸다는 게 쉬운 일이 아니지만
조금 더 환하게 웃고
조금 덜 망설이고
조금 더 단순하고 걱정 없는 하루를
보내 보기로 해요.

작가들은 좌절할 일이 생겼을 때
이것도 작품의 소재가 되겠구나 생각하면
기분이 나아진다고 하죠.

삶에서 좋은 경험도 나쁜 경험도
지나고 나면 무용담으로 남을 거예요.
어떤 무용담을 남길지는
내 생각에 달린 거겠지요.

에필로그

누구의 마음에 드는 것도 중요하지만
제일 중요한 건
나 자신에게 마음에 드는 존재가 되는 게 아닐까요?

세계 여행길에서 만난 고양이들은
내 마음의 소리를 듣고
그 소리를 따라가도 괜찮다고 말해 주었어요.
내 영혼에 자유를 줄 수 있는 것도
나를 구원하고 나를 규정할 수 있는 것도
결국은 나 자신이라고 말이죠.

저도 이제부터 세계 여행에서 만난 자유고양이들처럼
자존감 있고 독립적인 고양이,
진취적인 고양이가 되어 볼 거예요.
나다움을 지켜봐 주세요.
저도 당신다움을 응원할게요!

1) 파울로 코엘료, 『불륜』, 민은영, 문학동네, 2014, 189p